Lieselotte Weidner

Christkind, zünd de Kerzn o

Lieselotte Weidner

Christkind, zünd de Kerzn o

Gedichte und Geschichten

BAYERLAND

Andere Bayerland-Weichnachtsbücher von
Lieselotte Weidner:

Kimm, staade Zeit
Verserl und Geschichten zwischen Advent und Dreikönig
Mit Scherenschnitten von Gertrud W. Richter
ISBN 978-3-89251-045-1

Wo d' hischaugst Engerl
Verserl und Gschichtn auf Weihnachtn zua
ISBN 978-3-89251-311-7

Unser gesamtes lieferbares Programm und Informationen über Neuerscheinungen finden Sie unter www.bayerland.de

Verlag und Gesamtherstellung:
Druckerei und Verlagsanstalt »Bayerland« GmbH
85221 Dachau, Konrad-Adenauer-Straße 19

Umschlagmotiv: Gertraud Funke

Printed in Germany · ISBN 978-3-89251-438-1

Inhalt

I hab a ganz bsunderne Bitt

Liabs Christkinderl, hör mi do o,
i hab a ganz bsunderne Bitt:
A Verserl, des machat mi froh –
geh, schick ma mit'm Mondstrahl oans mit.

A solchas, wo jeds se dro gfreit,
wo's Glück strahlt aus jedem Gesicht,
für immer und ned bloß für heit –
wo Kummer und Zweifel zerbricht.

Geh, schick mas, i schreib na glei zua
und hoit, wannst de du grad moi bsinnst.
Mir fehlt oafach d' Rast und de Ruah –
i hoff, dass d' recht boid zu mir kimmst.

Ja wirkle, dei Liab is bei mir,
ganz deutle hab i des jetzt gspürt.
Fürs Weihnachtsfest öffnest ma d' Tür –
a Engl werd's sei, wo mi führt.

Ganz weit geht mei Blick naus ins All,
hoch nauf, zu de glitzernden Stern.
Von goidnen Trompeten der Schall –
sagt: Weihnachten wui's wieder wern.

Da Stern überm Kripperl is da
und funkelt und strahlt gar mit Macht.
Und was i im Stall drinnen sah,
des war dann die »Heilige Nacht«.

Maria voll Liab mit ihrm Kind,
da Josef ganz nahe dabei.
Und pfeift aa durch d' Ritzen da Wind,
as Büabal ruht warm drin im Heu.

Dass Ochs und as Eserl net fehln,
des is uns allen wohl klar,
de mir vo da Weihnacht erzähln –
und des scho seit zwoatausad Jahr.

Und dean's aa no länger, weil's heilt –
arg vui bei uns Menschn is's koid.
Wenn himmlische Liab bei uns weilt,
's is des, was am Herz so guat gfoit.

Drum Dankschee, liabs Christkind, am End.
I werd heit dei Kripperlgast bleibn.
I streichelt voll Demut dir d' Händ –
und wui da jedn Kummer vertreibn.

Und kammatn d' König gar her
mit oi eahnam sündteuern Sach,
vaschlupfat mi i voll Beschwer –
hoch drobn, unterm hölzernen Dach.

A Kerzl ozündn

Leidl, zündts a Kerzl o,
deats enk bloß net schaama,
Kerznliacht macht's Herz so froh –
und ma ko guat traama.
Traama vo da Kinderzeit,
wo da Himmi offn,
vo da rechtn Weihnachtsfreid –
und vom Wartn – Hoffn.
Wo de Tag so anders warn,
koid und winterdunkel.
D' Füaß, de dean im Schnee rumscharrn –
untam Sternagfunkel.
Zärtlich und geheimnisreich
gingen hin de Wochn,
ja, vom fernen Himmelreich
wurd da noch gesprochen.
Kam da doch das Christkind her,
aus dem Kreis der Sterne –
dass die Liebe bei uns wär
und wir glaubten's gerne.
Leidl, zünds a Kerzl o,
schaugts eahm zua beim Brenna –
und a segensreiche Ruah
lasst enk 's Glück erkenna.

Ausschau nach am Nikolaus

D' Kinder schaugn zum Fenster naus,
d' Naserl druckas platt,
kimmt net heit da Nikolaus
her in unser Stadt?

Was er wohl im Sack drin tragt?
Wüsstens halt so gern.
Ob er gar an Hansi schlagt –
zwengs de Spiaglscherbn?

Horchts, jetzt waht da Wind ums Haus.
Kunnt a Engerl sei …
Oder steht da Krampus draußd,
druckt zur Tür boid rei?

Naa, des Winderl waht so sacht,
's is a Flüagwehn,
Sterna glanzn hell durch d' Nacht,
sonst is nix zum sehgn.

Oder doch? Vom Turmeck her,
hört ma da net Schritt?
Is doch wohl koa Irgendwer
mit an solchn Tritt?

Da schaugts her, da Nikolaus,
schee wia eh und je.
Werd woi boid in unsam Haus
vor de Kinder steh.

Da, mit heiße Handerl, schaugts,
nehma s' ihr guats Sach.
Und was s' kriagn, an jedm taugt's,
lang bleibn s' heit no wach.

Hat se da Krampus valaffa?

Hat se da Krampus valaffa,
findt gar sein Heiligen net –
mag mit an Goaßbock wo raffa,
aba der findt dees ganz bläd.
Hüpft gar der Pelzmo durch d' Wälder,
woaß nimma ei und net aus –
springt gar durch schneeweiße Felder,
siehgt dann a kloawinzigs Haus.
Aba scho werd's eahm ganz heilig,
duat ja da Fromme dort steh –
und unsa Krampus lafft eilig
gar wia ra Hund durch'n Schnee.
Und da Sankt Niklaus muaß lacha:
»Schwarzer, geh zua, richt de auf,
sag nur, was machst denn für Sacha
wirkle kurios is dei Lauf.«
Aba wia gsagt, vui solida
wirkt da schwarz Mo glei neba eahm,
hat aa sein Anstand jetzt wieda,
ko se des selm net erklärn.

Wissts, Leit, de zwoa, de ghern zamma,
heilig alloa tuat fast weh,
er guit für d' Welt und ihrn Jamma –
beim Niklaus san Stern in da Näh.

Bitte an den Nikolaus

Nirgadwo a Nikolaus
nirgadwo zum sehgn,
d' Beppi linst zum Fenster naus –
garnix tuat se regn.
D' Beppi is scho hundert Jahr
und im Herz ganz rein,
ach, waar dees doch wunderbar,
daat der Bsuach sie gfrein.
Ja, sie woaß ihr Verserl no
vor ra Ewigkeit
und ihr Herz waar heit so froh,
nahm er se de Zeit.
Nikolaus, geh sei so guat,
denk an d' Oidn aa,
eahnre Verserl habn s' im Bluat
und waarn oft ganz nah.
Oft ganz nah für so a Liab
mit an Herz voll Dank,
lange Jahr werdn oft so triab,
neamd mehr habn macht krank.
Trag dein Glanz, dein milden Schein
hinter solche Türn,
tua eahna a Stündal weihn –
werst a Wunder gspürn.

A bärige Gschicht

Wer glaubt scho no an 'n Nikolaus,
selbst 's Christkind stelln s' in Frage.
Drum geistert keck der Weihnachtsbär
voll Lust durch d' Wintertage.

In jeder Zeitung konnst eahm sehgn,
in Auslagn duat er hausn.
Bal mir aa vui vom Tierschutz redn –
mi packt da schier as Grausn.

A Bär als Weihnachtsgstoit vakleidt,
was soll na des bedeutn?
Mir is da schier de Freud verleidt –
und 's scheenste Glocknläutn.

Wia gsagt, im Tierschutz bin i vorn,
grad Bärn san mir nia zwider,
doch de Maskierung schürt mein Zorn –
i schnauf und 's platzt mei Mieder.

Veralbert werd da stolze Bär
mit weißverbrämte Mützn.
Und koans spannt heit, wia inhaltsleer
de rotn Janka blitzn.

A brüllats Rot und Bärenschnauz,
des hoaßt ma Weihetage,
drum sag i laut: Mei Freid vahauts –
des is mei Weihnachtsplage.

Motive gaab's im Übermaß
für weihnachtsfrohe Zeiten.
Von überall kaam dies und das –
da kunnt i direkt streiten.

Kunnt sei, a Gschäftsmo liest mei Klag
und duat se dro erinnern.
Vielleicht in künftge Weihnachtstag
ließ der na Sterndln schimmern.

Dann Vogerln, bunt, wia s' wirkle san,
vui Schneestern ließ er glitzn,
aa Engelsköpferl dann und wann
auf zarte Brüssler Spitzen.

Oh Weihnachtsbär, vahunzte Gstoit,
reiß do de Fetzen runter –
und bleib, wia d' bist im Winterwoid,
na bin i wieder munter.

Friedemann Utsch

Es war oft schon empfindlich kalt in diesen Dezemberwochen, sodass die Leute sich möglichst kurz draußen aufhielten und schnell ins nächste Geschäft gingen. Zwischen all dem Umhergedränge und Umhergeschiebe in der Fußgängerzone konnte, wer genau darauf achtete, immer wieder einen alten Mann im kleinkarierten braunen Mantel sehen, mit einem Hut aus Cordsamt auf dem Kopf. In der Hand trug er eine ausladende Tasche aus festem Segeltuch. Manchmal schien es so, als wäre dieser Mann mit den grauen Augenbrauen und den langsamen Bewegungen nur unterwegs, um die vielen mit Kerzen besteckten Tannenbäume zu betrachten oder die mannigfaltigen Schmuckideen der festlich dekorierten Schaufenster zu inspizieren. Irgendwie sah es dann aber doch wieder so aus, als suche er nichts außer einer Gelegenheit zum Aufwärmen. Ließ er sich doch geduldig mitziehen vom Sog der Einkaufswilligen und gelangte auf diese Weise in eine der ersten, zweiten, dritten oder auch vierten Etagen verschiedener Kaufhäuser. Hie und da erwarb er auch eine Kleinigkeit, wobei er immer darauf achtete, seine Segeltuchtasche nicht aus den Augen zu verlieren. Bei Dauerweihnachtsmusik vom Band wurden rund um Herrn Utsch, wie der alte Mann hieß, so viele Wünsche geäußert und so viele Kindertränen gab es überall, die scheinbar nur er wahrnahm oder wahrnehmen wollte. Zur gleichen Zeit ereigneten sich in einigen der großen Einkaufstempel merkwürdige Dinge: Eine kleine, schmächtige Frau, der das Geld nicht für eine warme Jacke reichte und die darum ihre Barschaft immer wieder nachzählte, fand den dem Preis entsprechenden Betrag plötzlich passend in ihrem schmalen Portemonnaie. »Dees muaß i direkt übasehgn habn«, murmelte sie verwundert vor sich hin und ließ sich das heißersehnte Kleidungsstück einpacken. Einem Buben in einer Spielzeugabteilung, der sich selbst eine Eisenbahn kaufen durfte und dem dann leider ganze zwanzig Euro dazu fehlten, stand die Enttäuschung in den großen braunen Augen. Doch es verging nur eine ganz kurze Zeitspanne, da trug eine junge lustige Verkäuferin dem Kind das fertiggeschnürte Paket hinterher. Schon am nächsten Tag hatte ein Hungriger, der sich nur eine Brezel leisten konnte, unverhofft ein ganzes Abendessen in seinem abgewetzten Beutel und noch dazu einen Kassenbon, auf dem alles rechtmäßig verbucht war. Mit rechten Dingen konnte das nicht zugegangen sein, dachte sich der so Beschenkte, aber er hütete sich, seine Entdeckung preiszugeben, ihm genügte sein durch und durch reines Gewissen. Als es einem jungen Mann nicht möglich war, einen hübschen

Ring für seine Freundin zu bezahlen, hatte diese urplötzlich den schmalen Goldreif am Finger und freute sich überschwänglich. Damit war aber der junge Mann nicht einverstanden denn er hegte den absurden Gedanken, dass sie den Ring von einem anderen haben könnte. Als der aufs Äußerste Erregte nun den Mann mit der Segeltuchtasche entdeckte, dessen Mund zudem ein leises Lächeln umspielte, geriet er außer sich vor Wut. Der Abteilungsleiter Jonathan Grün wurde aufmerksam und in sein Büro hatte – neben dem jungen Paar – wohl oder übel auch der alte Mann mit den grauen Augenbrauen zu folgen. »Von an solchn lasst da du was schenga, dees hätt i nia net denkt!«, schimpfte der wütende Freund immer weiter. Jonathan Grün musterte alle drei. Ein gültiger Kassenbon war auch in diesem Fall vorhanden, von einem Diebstahl konnte also keine Rede sein. Nach einem vergeblichen Versuch, die Sachlage zu klären, komplimentierte Grün die drei wieder aus seinem Büro.

Friedemann Utsch spürte, hier etwas falsch gemacht zu haben und verbot sich darum selbst seine Kaufhausbesuche. Wohl eine ganze Woche lang blieb er daheim in seiner einsamen Wohnung und träumte nur vom Glück, andere glücklich zu sehen. Jonathan Grün dagegen, dem so etwas noch nicht untergekommen war, zerbrach sich immer wieder den Kopf über diesen sonderbaren

Fall. Dabei schien es ihm hin und wieder so, als seien ihm die Gesichtszüge des Alten nicht unbekannt, zumindest glaubte er, das leise Lächeln zu kennen. Aber dann wischte er sich mit der Hand über die Stirn – ganz so, als wollte er Unmögliches oder Nichtsein-Dürfendes aus seinen Gedanken verscheuchen. Der alte Mann indessen schalt sich selbst ob seiner mangelnden Bedachtsamkeit. Nach längerer Pause jedoch konnte man den Spaziergänger mit der Tasche aus Segeltuch wieder in einem anderen Stadtteil sichten und es dauerte dann nicht mehr lange, bis er sich wieder mit dem Sog der Kaufwütigen ins nächste Kaufhaus schleusen ließ.

Wenn man ihn mit allen Wundern auch nicht direkt in Verbindung bringen konnte, irgend etwas musste doch dran sein. Jonathan Grün brachte den Mann nicht mehr aus seinen Gedanken und eines Tages wurde er auch fündig. Plötzlich hatte das Gesicht mit den trotz des Alters noch leuchtend blauen Augen, der geraden Nase und dem geradezu zärtlichen Lächeln um den schmalen Mund in seiner Erinnerung wieder einen Platz gefunden. Ja, es handelte sich um einen leibhaftigen Bettler, dem er selbst nicht selten eine milde Gabe in den Hut gelegt hatte. Wie jetzt das? Damit kam Grün nicht weiter. Wo wäre denn da ein Betteln gewesen oder irgend etwas anderes, das den Mann hätte in Verruf bringen können? Was da war und was

Grün so nach und nach zu Ohren kam, war Güte und Menschenliebe. War er denn nun das Opfer einer Sinnestäuschung geworden? Die Arbeit in dem großen Haus, insbesondere in den hektischen Vorweihnachtstagen verlangte von dem Mann, der immer wieder mit anderen Menschen umzugehen hatte, viel Kraft und Nervenstärke. Er musste sich bemühen, den Vorfall zu vergessen, hatte er doch tausend andere, wichtigere Dinge zu erledigen. Aber dann erschien ihm der Alte in Gedanken wieder auf den Steinstufen neben dem Warenhauseingang. Aber was sollte das alles? War denn der Bettler vielleicht auch ein Zauberkünstler? »Unsinn«, sagte Jonathan Grün laut zu sich selbst, sodass ihn die verdutzten Blicke der jungen Leute trafen, mit denen er gerade in der Kantine saß.

Aber Friedemann Utsch war wirklich einst ein sehr berühmter Zirkusmann gewesen. Durchaus rechtschaffen, beherrschte er zugleich alle Taschenspielertricks, um das Publikum zu Begeisterungsstürmen zu führen. Auch als Clown hatte er sich unvergesslichen Ruhm erworben, bis er sehr krank wurde – und dann auf einmal nichts mehr hatte. Die finanzielle Unterstützung, die ihm zustand, war sehr gering. Da er aber seinen Zirkuskollegen nicht auf der Tasche liegen wollte, besorgte er sich das Allernötigste als Bettler. Er war halt so und hatte für jeden Lebensumstand,

ob Glück oder Unglück, seine eigene Philosophie. Dann allerdings wendete sich das Blatt für Friedemann noch einmal. Der Mann, der nicht nur im übertragenen Sinne ganz am Boden war, durfte eine Riesenerbschaft antreten. Das Geld kam von einem fernen Verwandten, von dessen Existenz Friedemann zuvor nicht die geringste Ahnung gehabt hatte.
Von dem allen hat Jonathan Grün in seinem mit Akten fast zugepflasterten Büro aber nie etwas erfahren und vielleicht ist es auch gut so. Wunder gehören nun einmal in die Weihnachtszeit.

A oida Mo

A oida Mo, wo nix mehr hat,
marschiert im ärgsten Trubel,
sei arma Magn werd eahm nia satt –
um eahm da Weihnachtsjubel.

Er wui nix sagn, des duat ma ned,
sein Gram wui er bezwinga.
Da kammat ma ja bloß ins Gred –
naa, naa, des daat nix bringa.

Scheu kafft er wo a Scherzl Brot,
duat ganz verborgn dro naschn.
Er is s' ja gewohnt, sei bittre Not –
er kennt s', de laaren Taschn.

Kunnt sei, dass solchner dir begegnt,
schaug gschwind in d' andre Eckn!
Er is ja scho mit Gleichmut gsegnt –
du daatst de dro erschreckn!

Jetzt is de Zeit …

Jetzt is de Zeit, wo d' Kerzn brenna,
wo's laut erst war, wead's boid ganz staad,
wo s' Landstreicher mit Nama nenna,
aa den, wo längst koan Nam mehr hat.
Wo s' hinter Gitter Gschenka bringa
und gebn s' in gänzlich fremde Händ –
wo s' bis auf d' Nacht an andre denka
und wia ma de erfreun wohl könnt.
Was i net mag, des is des oane,
dass oiß se auf oa Zeit beschränkt –
denn außer dera Zeit gibt 's koane,
in der ma nur mit 'm Herzn denkt.
Wia schee wär's, wenn vo dem Beglückn
durchs Schenga no was übrig blieb,
dass ma aus Liab und freien Stückn
a Lebn lang bei der Praxis blieb.
Dass ma so manchm arma Heiter
a Freid gebn daat, ganz unverhofft,
des hüafat dem ganz gwieß vui weiter
und wirkat wahre Wunder oft.
Geh, mach ma's wahr, des guade Traama!
So schwaar kunnt's eigentlich ned sei.
Und foin ma dabei aus'm Rahma –
soll's bittschee ganz egal uns sei.

Auf Weihnachten zua

Maroniduft, Rorateamt,
und Christbaam stengan zum Verkauf.
Jetzt hat des wohl a jeds scho gspannt –
Advent nimmt seinen Lauf.

A Rennats und a Hetzerei,
ma woaß ned, wo da Kopf oam steht,
doch is a Menge Liab dabei –
vergeßn werdn soll s' ned.

A Strahln is in so manche Augn,
wenn s' findn glei as rechte Sach.
Doch 's viele Umanandaschaugn,
des macht halt andre schwach.

Ja, Zeit, wer hätt denn de scho heit?
S' is meistens do ganz arg beschränkt.
Wißts, manchmoi gibt's aa wieder Leit,
de habn glatt Zeit verschenkt.

De dean und werkeln ganze Nächt
und arwatn am Christkind zua,
bal s' oana dafür loben mecht,
dann wolln de bloß ihr Ruah.

De habn in sich so eppas drin,
was andre habn scho längst verlorn.
De horchan auf dem Fest sein Sinn –
wo 's Heil für sie geborn.

Mit Freid sehgn de jeds Engerl fliagn
und wann de bloß im Kaufhaus san.
Des Krumme, des wolln grad de biagn –
glei fanga s' fröhlich an.

Beim Gruaß scho, merkst es manche o,
in dene wachst direkt a Liacht.
Und so vui andre gfrein se dro –
de wo as Dunkel gfürcht.

A Dunkelheit, a Helligkeit,
des passt grad guat nei in'n Advent –
wo doch zur trüben Winterszeit
recht oft a Liachtl brennt.

Wenn alle Viere ozündt dann,
ko hie und da a Wunder gschehgn,
weil harte Frau und harter Mann –
ganz plötzle Liab gebn mögn.

Sie gengan zua de Arma hi,
wo sonst vo eahna übasehgn –
und merkan, hörts es, irgadwie:
Mit Liab konnst d' Welt bewegn.

De san nimma sie selbm, de Leit,
denn zart hat de a Engel gführt.
Oh Weihnachtszeit, oh Wunderzeit –
des habn scho manche gspürt.

Maroniduft, Rorateamt,
vui kloane Engerl zwischnnei,
a Stimmung, uns so wohlbekannt –
und trotzdem jeds Jahr neu.

Paradeiserl

Des woaß jeds Finkerl und jeds Zeiserl:
Vorm Christbaam, da war 's Paradeiserl.
Des habn de liabn Eltern gmacht
zua Weihnachtszeit, dahoam auf d' Nacht.

Fürs Grüst, da habn s' bloß Stangerl braucht,
da Vadda hat sei Pfeiferl gschmaucht,
schee gschmückt wordn is 's mit Äpfe, Nussn,
an jedm Eck an Buxbaumbuschn.

Am Spitz drobn muaß a Apfe stecka,
dass mir as Paradies solln schmecka.
De Nussn habn s' durchs Blattgold zogn,
ma muaß aa nach da Schönheit fragn.

Auf alle Fäll gschwind war des plant,
vui gschwinda wohl, als ma 's heit ahnt.
Koa Baamumschlagn, koa Plackerei –
koa Christbaamstehln, koa Polizei.

Die Schnöberls oder: Aus dem Leben einer Standlfrau

Als die heutige Frau Hiltrud Schnöberl noch recht jung war und mit Mädchennamen Sommer geheißen hat, hätte sie nicht im Traum daran gedacht, ihr künftiges Leben auf Messen und Märkten zuzubringen. Nach der Heirat aber wurde das Leben ihres Ehemannes auch das ihre. Hatte doch schon ihr Schwiegervater seinen Lebensunterhalt auf diese Weise verdient und war kein armer Mann dabei gewesen. Nie langweilig, sondern immer bunt und erlebnisreich war die Ehe der jungen Schnöberls. So gingen die Jahre ins Land und die mittlerweile gar nicht mehr jungen Schnöberls waren immer noch mit ihrem Standl unterwegs. Bei so viel Berufserfahrung ergab es sich von selbst, dass die verkaufstüchtigen Leute auch einen Stand auf dem Christkindlmarkt haben wollten. Nach vielem Hin und Her ging ihnen dieser Wunsch dann wirklich in Erfüllung. Wohl schon seit zehn Jahren ist nun dieser Schnöberlstand nicht mehr wegzudenken aus dem vorweihnachtlichen Zauberland.

Bald wird das Standl nun wieder dort stehen, das Geglitzer und Gefunkel eingerahmt von duftenden Tannenzweigen und von vielen kleinen Lämpchen, welche die ausgebreitete Ware hell

aufleuchten lassen. All diese Herrlichkeiten muss die Standlfrau mit dem in allen Regenbogenfarben karierten Kopftuch direkt vom Christkind eingekauft haben – davon sind zumindest die kleinen Besucher jedes Jahr aufs Neue überzeugt. Wenn die glänzenden Herzerl, Trompeterl oder Vogerl später dann am Christbaum schimmern, mögen wohl manche noch ab und zu an die freundliche Standlfrau mit den gütigen braunen Augen denken. In einer Woche nun soll der Christkindlmarkt die vorweihnachtliche Zeit noch angenehmer und geheimnisvoller werden lassen, wenigstens für all diejenigen, welche von der anstrengenden Arbeit in der Budenstadt keine Ahnung haben.
Auch bei den Schnöberls liefen die Arbeiten auf Hochtouren. Viel ist von den Großhändlern neu angeliefert worden. Die Postboten haben sich schon seit Oktober die Klinke in die Hand gegeben. Vieles lagerte aber auch schon länger im hübschen Schnöberlhaus und musste nun gleichfalls im Lieferwagen verstaut werden. Eben hatte die Standlfrau sich noch darüber aufgeregt, dass nicht sechs Kartons mit roten Herzen, sondern nur vier geliefert wurden, da traf die Christkindhelferin wie ein Blitz die Nachricht vom Kurschatten. Kurschättin hätte sie logischerweise sagen müssen. Nein, sie selbst war noch nie in einer Kur. Ihr Mann Friedrich aber musste wegen seines Rheumas ab und zu in solchen Gesundheitstem-

peln verweilen. Und beim letzten Mal schien sich ein weibliches Wesen in seine blauen Augen verschaut zu haben. Die Schnöblin starrte für einen Augenblick regungslos auf die Postkarte, mit der eine E. Müller ihren Besuch bei ihrem lieben Friedrich ankündigte, um mit ihm, dem so lange Entbehrten, einen glücklichen Advent zu feiern. »Vom Advent hat de koa Ahnung«, murrte die bis zum Hals in Arbeit steckende Geschäftsfrau und dann: »Bal nur d' Kinda net gar so weit weg waarn.« Und schon vergrub sie sich wieder in die Bestandsaufnahme all der himmlischen Herrlichkeiten. Ihr Friedrich war solchen Spinnereien nicht abhold, das wusste sie längst. Dass sie es jetzt aber Schwarz auf Weiß hatte, das empfand sie als ganz besonders demütigend. Ja, so etwas gehört nicht zu Weihnachten, es ist aber da.
Doch mit einem mürrischen Gesicht konnte sie keinen Christbaumschmuck und nicht einen einzigen der großen Rauschgoldengel verkaufen, das wusste sie. »Liabs Christkind, huif ma, mach, dass er se wenigstens bis ins neie Jahr wieda dafangt«, murmelte sie leise vor sich hin, während sie eine andere Schachtel öffnete. Hatte das Christkind ihre Bitte vielleicht schon erhört? Alles, was ab jetzt an sie herankam, wollte sie nur noch als Komödienspiel betrachten. Sie war keine Betroffene mehr, sondern wartete einfach auf den Ausgang eines Theaterstücks.

Schon beim Abendessen musste sie sich aber ganz heftig zusammenreißen, um bei dieser Haltung zu bleiben: Friedrich Schnöberl nämlich schlug seiner Frau vor, sich doch diesmal von den beiden Schwestern Berger helfen zu lassen, die hätten als ehemalige Verkäuferinnen die Sache gut im Griff. »Immerhin bin ich noch für zwei Wochen krankgeschrieben und muss mich schonen«, resümierte er weiter.

Die so Angesprochene atmete tief durch und dachte sich ihr Teil dabei. Wenn sie ihrem Mann das gesagt hätte, was sie ihm hätte sagen wollen, wäre sie mit ihren Vorbereitungen für den Markt nicht mehr weit gekommen. »Aba denga konn i, was i mag, Schlitzohr unbandigs!«, schnaufte sie lautlos vor sich hin, während sie sich frischen Kaffee braute, um noch lang aufbleiben zu können. Ihr Mann war tatsächlich krankgeschrieben, aber musste er das so ausnützen? Hin und her wanderten ihre Gedanken: »Was muaß des für a Dootschn sei, de wo se an mein Oidn himacht? So schee, wia s' amoi warn, so schee san s' heit aa nimma, seine blaua Augn. Ganz wurscht was passiert, i mach mein Stand auf am ersten Advent. De Kinderaugn mog i wieder sehgn, wenn 's in mei Auslag strahln, wenn s' moana, as Christkindl hätt se bei mir vasteckt, oder zumindest, a echter Engl müaßat üba dem Sach schwebm. Aa de Erwachsena kriagn a ganz an anders Gschau, wenn s' nur nah gnua zua mein Weihnachtsland herkemma ...« Nur so ganz nebenbei kamen ihr schließlich die Extravaganzen ihres Friedrichs noch in den Sinn. Der saß indessen an seinem Schreibtisch und hatte es anscheinend sehr wichtig, so schnell wie möglich mit der Abrechnung fertig zu werden. Es war schon weit nach Mitternacht, als sie nicht mehr konnte und sich schlafen legte.

Es müssen wilde Träume gewesen sein, die sie in dieser Nacht geträumt hat. Kaum aber waren ihre beiden Augen richtig offen, war sie aber schon wieder ganz Standlfrau. Sie durfte nicht vergessen, einige Lämpchen noch besser zu befestigen, und zum Aufhängen der Zauberkugeln wollte sie noch einige Meter rotes Band in die Kiste mit den gemischten Utensilien legen. Ihr Mann schlief noch. Frau Schnöberl sah tapfer über ihn hinweg und nur die leise Bemerkung »Oida Depp« verschaffte ihr einige Erleichterung. Die Standgebühren waren nicht unwesentlich und an ein plötzliches Zurückziehen aus dem Geschäft war nicht zu denken. Mit wenig Freude richtete sie auch für ihren vom wilden Geißbock getretenen Friedrich das Frühstück.

Dann steuerte sie den Lieferwagen in Richtung Christkindlmarkt und vergaß über der vielen Arbeit ihren Kummer. Gleich in den ersten Stunden nach Markteröffnung hatte sie eine ganz besondere Freude. Die von ihrer Tochter angefertigten großen Engel wurden als Kunstwerke bewundert, und ihr – einer nach dem anderen – abgekauft. Die beiden Damen Berger würden wohl später kommen. Die kuraschierte Standlfrau hatte aber alles im Auge. Schließlich handelte es sich ja bei all diesen schier himmlischen Herrlichkeiten um ihren irdischen Verdienst. Es ging auf den Nachmittag zu. So nach und nach wurde alles angezündet, was leuchten konnte. Während sie gerade zwei Kartons gemischten Christbaumschmuck verschnürte, wurde sie auf einen Dreikäsehoch aufmerksam, der ihrem Empfinden nach von Mal zu Mal unsicherer wirkte. Was führte der Bub wohl im Schild? Da, jetzt kam schon eine kleine Hand aus der Hosentasche. Noch ein Blick – und die Finger näherten sich verdächtig schnell einem schönbemalten rosaroten Christbaumherzen. Noch ein Blick und …

Frau Schnöberl konnte nicht mehr an sich halten. »Bittsche, Büawal, dua nix krampfln!« kam es über ihre Lippen, dabei spürte man ganz deutlich, dass es ihr eher um die Seele des kleinen Wichtes ging als um den mutmaßlichen Verlust von 7,50 Euro. Ihr mütterliches Herz erfasste die Situation blitzschnell. All ihre Sinne sagten ihr, dass sie da keinen Gewohnheitsdieb vor sich hatte, sondern ein Kind, geplagt von einer riesigen Herzensnot. Während sie sich um den Buben kümmerte, traten die Damen Berger, die nun glücklicherweise gekommen waren, verstärkt in Aktion. Frau Schnöberl dagegen holte jetzt bröckerlweise die ganze Geschichte aus dem Florian – so hieß der verhinderte Herzerldieb – heraus. Er hatte seiner kranken Mutter versprochen, ihr etwas ganz besonders Schönes vom Christkindlmarkt zu bringen, ganz fest versprochen hatte er das – aber auf einmal hatte er seinen Geldbeutel nicht mehr, der war auf einmal weg. Es ging auf den Abend zu und das Drängeln der Besucher nahm überhand. Davon ließ sich die beherzte Standlfrau nicht stören. Es dauerte nicht lang, da hatte sie das Kind in ihren Stand geholt, wo der Bub noch einmal seine Geschichte erzählte und bitterlich weinte. Ohne ein Geschenk wollte Flo gar nicht zur Mutter heim, deswegen wollte er das Herz nehmen, aber am nächsten Tag hätte er das Geld ganz bestimmt gebracht. Sein Vati hätte es ihm gewiss gegeben. Da stand sie nun, die umsichtige Geschäftsfrau, hielt den Buben im Arm und steckte ihm nach und nach eine Wurstsemmel in den Mund.

An einer Stelle, wo sie ihn nicht wahrnehmen konnte, stand Friedrich Schnöberl mit seinem »Adventsbesuch«. Er, der noch krankgeschrieben war und deshalb nicht arbeiten durfte, kam mit seinen Augen nicht mehr los von diesem Bild. In seinem Herzen hatte sich von Minute zu Minute ein Wandel vollzogen. »Da is mei Platz«, hörte die mächtig aufgeputzte Kurschättin ihren so sehr verehrten Friedrich mit lauter, klarer Stimme sagen und war wohl jetzt ebenfalls davon überzeugt. Es mag nur eine Viertelstunde vergangen sein, bis Herr Schnöberl dann in seiner altvertrauten Weihnachtsbude stand und sich mit kleinen Handreichungen nützlich machte. Gemeinsam brachte das Ehepaar Schnöberl später das kleine Kerlchen, um das sich auch die Bergerschwestern liebevoll angenommen hatten, heim zu seiner Mutter. Und alles hatte wieder seine Richtigkeit.

Muatta, sag, hast du des do?

Hab im Haus a Herzerl gfundn,
Christbaamschmuck vor so vui Jahr,
mei warn des no frohe Stundn –
wia no d' Muatta bei uns war.

Leg des Herzerl in mei Hand nei,
schaug 's a Zeitl bittnd o,
Muatta, kaant 's vo dir a Gruaß sei –
Muatta, sag, hast du des do?

Schee is er, unsa Christkindlmarkt

Fichtnduft ziahgt mi ins Vorweihnachtsland,
gwieß kauf i Zeltn am Marzipanstand.
Nimm aa scho Zimtstern und 's Kletznbrot mit –
Honig für d' Muatta, de hat me drum bitt.
Tiegel und Haferl, schee ogmoins bunts Gschirr,
Büacha, aa Stoffzeigs und Pfeiferl gibt's hier,
Spuisach für d' Kinda, vui Kerzal danebn –
zuckate Äpfel und Mandeln muaß 's gebn.
Werd's wieda schimmern und glitzn durch d' Nacht,
Engl und Hirtn, de hoitn brav Wacht.
Zahllose Kripperl mit'm Heiland der Welt –
jetzt konnst as kaffa fürs irdische Geld.
Gfrein duat mi alles, ganz wurscht, was i find,
schnuffl durch d' Standl, bin boid wia ra Kind.
Nix wia bloß Stauna und Lusn und Schaugn –
grad so, als hätt i ganz frischputzte Augn.
Glasblasens Zwergerl, hat's gwispert und glacht,
uralte Botschaft vom Märchenland bracht?
Suibalaterndl gebn seligen Schein –
deaf ma ja nah scho beim Christkindl sein.
Dann, wenn beim Rathaus da Nikolaus steht,
plötzle, als hätt'n da Wind grad hergweht,
wia wann er schnurstracks vom Himmi herkaam –
zwick i mi selba, woaß net, ob i traam.

’s kloa Häuserl

Steht a Häuserl im Woid
is schier hundert Jahr oid –
hat’s no neamands net gsehgn.
Fliagn gar Engerl da nei,
wern vom Christkindl sei,
dean ganz staad se bewegn.

Dean as Sach nei für d’ Nacht
wo vui Freid dann uns macht –
dean oiß zähln und sortiern.
Habn vom Spuisach an Berg,
hi und da huift a Zwerg
kloane Packl vaschnürn.

Tiaf vasteckt in de Baam
glanzt ’s kloa Haus wia ra Traam,
wia ra Märchen, a Gschicht.
Ja, und fallt ’s gar wem auf,
wißts, der duat dann an Schnauf –
hat as Glück in seim Gsicht.

Doch wann könnt so was sei,
gar mit’m Engerl dabei?
Wenn ma selbigs bloß wüsst.

Leider woaß ma koa Zeit,
is oiß nah und so weit –
bis a Mondstrahl uns küsst.

Steht a Häuserl im Woid
is schier hundert Jahr oid,
hat's no neamands net gsehgn.
Fliagn gar Engerl da nei,
werdn vom Christkindl sei –
dean se Flüagal bewegn.

Weihnachtsmenschn

Duat ganz leis a suibans Glöckerl klinga –
Weihnachtsmenschn könna so was hörn.
In dem zartn Glöckerlklinga
duat ihr Lebn gschwind anders wern.

Oiß, was sehgn, des sehgn s' mit andre Augen,
meistens mit Bezug auf d' Weihnachtstag.
Aus da Luft dean s' Düfte saugen –
und scho druckt se Frag auf Frag.

Ganz boid sinna s', was wohl solln vaschenga,
was wohl echt an andern Menschn gfreit,
hin und her dean s' des bedenga –
ja, des san scho bsundre Leit.

Ach, scho früh dean s' ihr Behausung schmückn,
dean's, obwohl sie hättn dazua gar koa Zeit.
Kloanstes ko de Leit beglückn –
in da Weihnachts-Wunderzeit.

Solchne Leit, bals du in deiner Näh hast,
dua s' do bittschee lautlos respektiern.
San s', hör zua, für di a Glück fast –
deafst mit eahna d' Weihnacht gspürn.

Konnst mit denen d' scheenstn Tag erwartn,
lang vor 's Zeit is, habn de scho an Baam.
Platzerl bacha s' hundert Arten –
und a Herz habn s' kinderwarm.

Kunnt scho sei, i hätt di dadurch gfundn,
waarst's gar selm, der wo des Glöckerl hört.
Glaub, i wünsch da Segensstunden –
wo da 's Glück koa Unbill stört.

Wünsch's net dir bloß, sondern all de Deinen,
sonst, ma woaß's, gibts ja koa Glücklichsei.
D' wahre Liab soll euch erscheinen –
und as Glöckerl aa dabei.

Da scheenste Christbaam

»Vagiss net, Margret, des Ganze is bloß a Baam und koa Mensch und irgadwann fangt er sowieso ’s Nadeln o«, beruhigte Herr Federl seine Frau, nachdem ihnen der grüne Riese schon zum dritten Mal umgefallen war.

»Bloß, was sagn na unsre Kinda dazua?«, hängte Margret eine kleine Frage an.

»Bist jetzt du mei liabs Weiberl oda net?«

Frau Federl musste lachen, trotzdem tat ihr der arme Baum leid, an abgebrochene Äste wollte sie aber nicht mehr denken. »Aba irgard ebbas muaß do scheps sei bei dera Konstruktion?« Damit meinte sie den Christbaumständer.

»Jetzt probiern ma ’s halt noamoi«, riet schon wieder verdächtig schnaufend der erst von einer Lungenentzündung genesene Ludwig Federl seiner schon reichlich zerzaust aussehenden Ehefrau.

»Hast Nadeln in deine Haar nei bracht, des tuat natürle weh.«

»Dagegn gibts an Kamm«, meinte sie lustig. »Und mei Schürz war eh scho zrissn.«

Die beiden probierten’s noch einmal und als auch die dritte Schraube angezogen war, stand die stattliche Tanne mindestens so fest wie die vorm Münchner Rathaus.

»Mei werdn d’ Kinda a Freid habn!«, frohlockte

Frau Federl und auch ihr Mann freute sich darauf, die Tochter und die beiden Söhne wenigstens für ein paar Stunden wieder um sich zu haben.
In diesem Moment klingelte das Telefon. Frau Federl stellte die Schachtel mit den Kugeln beiseite, ging auf den Gang und nahm den Hörer ab. Schwiegertochter Nummer Eins wollte herzlich grüßen, aber leider hätten sie noch ein Last-Minute-Schnäppchen ergattert und würden diese Tage nun doch lieber auf den Kanaren verbringen. Dann ermahnte die junge Frau ihre Schwiegereltern noch, sich nicht so viele Umstände zu machen und ein schönes, besinnliches Fest zu feiern.
Die ersten Kugeln hingen und glitzerten, so gut sie konnten, im milden Licht des Nachmittags.
»Stolln hab i ja gnua bacha«, überlegte Margret Federl laut.
»Na ja, auf de Kanaren brauchst as dene aba net nachschicka!«, kommentierte Ludwig Federl, und seine Frau tröstete sich an dem Gedanken, dass die junge Familie doch auf der Heimreise einen kleinen Umweg zu ihnen einlegen könnte. »Solln ma jetzt des lädierte Christkindl wieda an'n Baam naufhänga oda net?«, fragte sie anschließend.
»Du hast as doch wieda ganz schee hergricht«, meinte er, »aba mach's nur so, wiast as du magst!«
Frau Federl überlegte, sollte sie oder sollte sie nicht.
Wieder ein Anruf. »Hast aa a Schnäppchen

kriagt?«, hörte die unschlüssige Frau ihren Ludwig für ihre Begriffe viel zu barsch fragen. Es war der Ehemann ihrer Tochter, der seinem Schwiegervater nicht viel anderes mitteilte, nur sollte der dafür Verständnis haben, dass man eben diesmal doch lieber in Kitzbühel feiern wollte. »Is scho recht«, murmelte Ludwig Federl, »und erholts euch guat.«

Seine Frau brauchte ein paar Augenblicke, um ein bitteres Gefühl hinunterzuschlucken, hatte sie sich doch für dieses Weihnachten so ganz besonders viel Schönes ausgedacht. »Wer woaß, wia oft da Ludwig no mit uns feiern ko?«, dachte sie tief in ihrem Innersten und schaute dabei auf ihren schon recht gebückt dasitzenden Ehemann, der um einiges älter war als sie. »A Baam soll's auf alle Fäll werdn, wia mir an so an scheena no nia ghabt habn«, spann sie ihre Gedanken weiter. Ihr Mann, dem doch früher so oft etwas nicht gepasst hatte, schaute währenddessen mit mildem und geradezu verklärtem Blick auf seine Frau, als mustere er eine amtierende Schönheitskönigin. Und ohne zu übertreiben hatte Margret Federl ausgerechnet in diesem Augenblick so ein wundersames Lächeln in ihrem oft doch schon recht erschöpft wirkenden Gesicht.

In der Küche richtete sie dann den Nachmittagskaffee her, und als sie diesen zu ihrem Mann ins Weihnachtszimmer trug und vor ihn auf den

Tisch stellte, fuhr sie ihm dabei ganz flüchtig über sein feines, weißes Haar. Als sie ihm noch seine durchgeschnittenen Semmeln nebst Butter und Honig auf einem Tellerchen hinrückte, ergriff er ihre Hand und ließ sie lange nicht mehr los. Seine Frau wusste immer noch nicht, ob sie ihr Geheimnis jetzt schon verraten sollte, dann entschied sie sich aber fürs Schweigen.

Ein ums andere Mal prüfte Herr Federl die Standfestigkeit des in einer solchen Schönheit noch nie dagewesenen Prachtbaums. Sogar der Duft schien ihm in diesem Jahr noch viel intensiver und würziger als in allen vorangegangenen. »De Herzn hast nei dazuakafft!«, vermeldete er schmunzelnd. »De gfoin ma!« Scheinbar bedarf's zum richtigen Christbaumschmücken einer lebenslangen Übung, denn heuer waren beide dem Charme ihres grünen Gastes rückhaltlos verfallen. Auf einem kleinen Tisch bauten sie das Kripperl auf. Frau Federl war erstaunt, denn dazu hatte sie ihren Ludwig noch nie bewegen können. Als er zart das winzige Wachskind in die Krippe legte, kam wieder ein Anruf. Schwiegertochter Nummer Zwei. Sehr langatmig und mit vielen wohlgesetzten Worten versuchte sie sich für die leider nicht zu umgehende Absage zu entschuldigen. Wenn es irgendwie zu ermöglichen wäre, könnten sie ja im späten Januar alles nachholen, aber dieses Weihnachtsfest müssten sie unbedingt in Amerika

verbringen, weil der Felix berufliche Interessen damit verbinden könnte. Sohn Felix kam dann auch an den Apparat und von ihm erfuhren die Eltern, dass dieser Anruf schon vom Flughafen her erfolgte. Liebe Wünsche, wie schon gehabt. Die Augen von Margret Federl füllten sich mit Tränen und ihr Ludwig biss seine Gefühle in das letzte Bröckerl Honigsemmel hinein, das noch neben dem kaltgewordenen Kaffee stand. »Geh, Margret«, ließ er sich tapfer vernehmen, »tua a paar Stückl vo dem guadn Stolln her und brau uns an Punsch, des schmeckt uns heit aa scho guat.«
Am Heiligen Abend waren sie allein, so allein wie in den letzten Jahren oft. Die so lang von Frau Federl gehütete Überraschung prangte oben am Christbaum. »Ja, wo hast denn den Trumm Engl auftriebn? Und so an wundascheena no dazua?«, wollte ihr Mann wissen, schier überwältigt von der zarten Anmut der heiligen Figur. Er nahm seine Margret in den Arm und drückte ihr einen festen Kuss auf den Mund.
Natürlich ließ man den lieben Baum stehen, solange es nur möglich war. Der Sohn von den Kanaren und die Tochter aus Kitzbühel nebst Ehegatten kamen auch tatsächlich im Januar auf einen Sprung vorbei. Das erste, was zu hören war, nachdem sie den prachtvoll geschnitzten Engel entdeckt hatten, war so etwas wie eine ungebremste Missfallensbekundung – sie wussten nichts ande-

res, als über den fehlenden Wachsengel von der Großmama zu jammern. So ganz nebenbei und trotzdem für die Mutter gut verständlich, schien den jungen Leuten wohl auch der mutmaßliche Preis für eine derartige Neuanschaffung nicht mehr so ganz gerechtfertigt. Margret Federl blieb ganz ruhig, sie tat so, als habe sie nichts gehört. Um des lieben Friedens willen hängte sie schnell noch das ausgebleichte Wachsengerl, von dem schon das rechte Ärmchen abgebrochen war, in den rückwärtigen Zweigen auf. Wie 's so geht auf dieser Welt, oder soll man besser sagen: auf dieser Welt in unseren Tagen, hatten die vier jungen Leute auch nur Zeit für ein Kaffeestünderl und waren dann bald wieder weg.

Als Sohn Felix und Schwiegertochter Nummer Zwei dann Ende Januar nach ihrem Amerikabesuch bei den Federls vorbeischauen wollten, war da kein Baum mehr im Zimmer, kein neuer Engel und auch kein beschädigter mit einem angeklebten Armerl. Und der Vater war auch nicht mehr da.

Zwoa Engl aus Holz

Zwoa Engl aus Holz
san heit no mei Stolz –
ganz flach san s' bloß gsägt,
nix, was se bewegt.

Obwohl Jahrgang dreißig,
hebn s' d' Kerzal no fleißig
in würdiger Haltung
samt Flüaglentfaltung.

Weiß gwandt san s' mit Stern –
ma muaß des erklärn,
dann waar no zum sagn:
Vo Wolkn weadn s' tragn.

Blau ogmoin und waagrecht,
weil d' Engerl stehgn senkrecht,
dean s' achtzg Jahr scho hoitn
de himmlischn Gstoitn.

Was hat jetzt grod knackt?
Mei Katerl hat s' packt,
jetzt muaß i s' glei klebn –
a Zeit wead's scho hebn.

Auf dem Kripperlmarkt

Oan Kripperlmarkt habn s' separat platziert
bei uns, in unsrer Stadt,
damit ma no an Festsinn gspürt,
der se verflüchtigt hat.

Zwoatausad Jahr konnst da leicht rückwärts geh,
als führat di a Stern,
und vor am zartn Wunder steh,
hautnah – durchaus net fern.

Zum Großteil siehgt ma echtes Holzschnitzwerk
aus dem Tirolerland.
De Leit aus dene schroffn Berg
gebn se net ab mit Tand.

Exakt a jeds Figürl, des hat sein Charme
und sei ganz eigans Gsicht,
und bei de Füaß und aa de Arm
muaßt achtgebn, dass nix bricht.

In hundert Holzfamilien schaugst da nei:
im Mittelpunkt a winzigs Kind.
Und grad dem Kindl bleibn ma treu –
weil se nix Bessers findt.

Und Engl fliagn natürle dortn aa,
zun Kripperl ghern s' dazua.
De warn in dera Nacht doch da –
und net bloß d' Menschn nur.

Vo d' Viehcher konnst da wirkle jedes sehgn,
des wo in d' Heilsnacht ghört.
Doch dann muaßt wieda vorwärts gehn –
weil s' lange Stehbleibn stört.

Dahoam na müad vom Schaugn auf d' Nacht,
da kimmt des oiß retour:
Da siehgst, wia 's Kindl winkt und lacht –
bist auf da rechtn Spur.

Kinderl aus Wachs

Du Kinderl aus Wachs, du im Kripperl da drin,
dei Lächln, dei schwachs, kimmt ma nia aus'm Sinn,
vafolgt me vui Jahr scho und lasst ma koa Ruah,
i gib da voi Demut mei Lächln dazua.

Und gib da mei Hoffahrt, mein Stolz in dei Wiagn
und oiß, des was mir ghört, sollst du von mir kriagn,
i lass da mein Kumma, mei Load und mei Not,
mein Frühling, mein Summa, mein Herbst und mein Tod.

Du Kinderl aus Wachs, du im Kripperl da drin,
mit Goldhaar aus Flachs, du vawirrst ma mein Sinn.
Kriagst Lebn gar und Stimm wia mia Menschen – und Bluat
und schaug i di o, ja, na werd's ma so guat.

Du Kinderl aus Wachs, uns von Künstlerhand gschenkt,
der hat in des Wachs glatt an Himmi neidenkt,
für mi werst d' lewendi und schaugst zua mir her –
Liabs Kinderl, i kenn di und mag di so sehr.

Dunkle Zeiten

Mei, wia's schneibt und windt und dunkelt!
Christkind, sag, kimmst du jetzt boid?
Dass dei Stern am Himmi funkelt –
und dei Engl schwebt im Woid.

Dass's vorbei is mit dem Warten
auf dei Gnad und auf dei Liab.
Schaug, a Röserl steht im Garten,
umadum is's so vui triab.

Aber 's Röserl wui net weichen,
wart auf di im Sommerrot,
mit am Glaubn ganz ohnegleichen
is 's vui stärker als der Tod.

So an Glaubn mecht i erbitten.
Bittschee, schenk ma 'n, heiligs Kind!
Habn ma denn net gnua scho glitten –
tröst uns doch so treu und lind.

Tröst uns doch in dunklen Zeiten,
bleib uns nah mit deiner Kraft,
dass dei Liab aus Himmelsweiten
in uns neue Wunder schafft.

Vo Weihnachtn traama

Da scheenste Traam werd d' Weihnacht sei,
wo gang's denn sonst so traulich zua?
A Stück schaugt ma in 'n Himmi nei –
na kimmt de Seel zur Ruah.

Net weni Leit geht 's grad a so,
oa lächeln staad bloß vor si hi.
Und san s' aa arm, werd 's Herz so froh –
da huift scho d' Fantasie.

De führt s' weit zruck ins Kinderland
und lasst s' da brav in d' Mettn geh.
Vui guade Wort fliagn umanand –
am Hoamweg knirscht da Schnee.

Des warme Gfui am Ofa dann,
gschwind warm de Füaß und aa de Händ.
Und 's Christkind zündt de Kerzn o –
wia des a jeds so kennt.

Wissts, heit und diamoin wern oa Zeit.
Wia Vogal fliagn d' Gedanken rum.
Mir singan aa mit fremde Leit –
bleibn da – und schaugn doch um.

D' Frau Fantasie als Weihnachtgschenk,
a so ko ma des Ganze sehgn.
Der guadn Wirkung eingedenk –
muaß ma s' als Freundin mögn.

Da scheenste Traam werd d' Weihnacht sei,
wo gang's denn sonst so traulich zua?
Ja, Engerl schaugn zum Fenster rei –
und Glockenklang dazua.

Kircherl im Woid

A wunderscheens Kircherl,
wennst d' moanst, a Kapelln,
des dean de liabn Dörfler
im Woid drin aufstelln.
Da Bsuach is bloß mäßig,
des woaß ma bestimmt –
des ändert se heftig,
bal 's Weihnachtsfest kimmt.

Da ziahgn s' üba d' Strass her,
mit Liacht und Latern,
da wolln d' Leit im Kripperl
ihrn Heiland verehrn.
Horchts, uroide Liadln,
de klingan durch d' Nacht –
de Stern hoch am Himme,
de hoitn brav Wacht.

A Red vom Herrn Pfarrer
zur selbigen Zeit,
wo d' Liab für de Arma
im Herzn bereit.
Ins Kasterl beim Kripperl
legt jeds was hinein –
as Kind duat fein lächeln
im goldigen Schein.

Dann hoamwärts in Grüpperl,
net oans geht alloa –
so stellt se da Jetztmensch
as Himmireich vor.
Schaugts, wieder von Weitem
Latern an Latern –
wenn d' Beter voll Freuden
ins Dörferl zrückkehrn.

Beim Kircherl im Woid drin,
da geht's jetzt erst zua,
da singan vui Engerl
des Kinderl zur Ruah.
Und fächeln 's mit Flüagal
ganz hoamle und lind –
dass 's Büawal im Kripperl
sein Traam wieder findt.

Die Hebamm von Pfennigdorf

In dem gemütlichen Örtchen Pfennigdorf braucht niemand eine Zeitung. Jeder weiß alles und manchmal auch, eh's noch passiert ist. An die kleinen Häuser hat man so oft angebaut und nochmal angebaut, dass sich niemand anstrengen muss, einem Nachbarn in den Suppenteller zu gucken. Da die guten Leut jetzt mittendrin im Advent sind, gibt's wohl keine Haustür mehr, an der nicht ein schöner Festkranz prangt, und die Bäume in den Vorgärten werden fleißig mit Kerzenketten bestückt. In der Morgendämmerung traben alle Kinder mit ihren grellbunten Ranzen auf dem Rücken in Richtung Schulhaus davon. Ach, wie viele Wünsche und Sehnsüchte wandern wohl mit den Kleinen mit? Indessen treffen sich die Frauen beim Bäcker, Metzger oder auch im Mini-Supermarkt. Wer da genau hinhört, dem klingt beständig das Wort »Hebamm« im Ohr. Ja, das Dorf hat eine neue Hebamme, die wohnt allerdings nicht direkt in Pfennigdorf, sondern in Haslbach, also zwanzig Kilometer entfernt.

»De Neie fahrt grad so wuid auf'm Motorradl wia d' Friederike«, belehrte die Gabi gerade die Umstehenden. Und weil es beim Metzger war, wo sich die jungen Frauen von der Gabi hinsichtlich künftiger Entbindungen beruhigen ließen, erhöhte

der heute seinen Umsatz gewaltig. So manches Schnitzel wurde noch dazu gekauft und dies oder das andere Paar Schweinswürschtl.
Die neue Lebenshelferin hieß Claudia, war jung und – wie man eben sagt – in aller Munde. Derweil saß Friederike betrübt daheim und trauerte ihrem Beruf nach und ihrer »Maschin«. Sie solle sich jetzt Zeit lassen und auch einmal an sich selber denken, hatte ihr der Bürgermeister geraten bei ihrer Verabschiedung. Dann hatte die in den Ruhestand Entschwindende das Motorrad abgeben müssen, das ihr die Gemeinde gestellt hatte.
»Sauba putzt hat s' es no, ihr Schnauferl, an Vergaser gsäubert, 's Öl gwechselt und d' Zündung eingstellt.« Das alles wusste die Gabi.
»Ihran Führerschein hat s' scho ewig!«, gab jetzt die Trinkloma preis, deren Enkerl mit Friederikes Hilfe einen seligen Start ins bunte Leben hatte haben dürfen. Die beliebte Hebamme hätte immer weiter kleine Pfennigdorfer ans Licht des Lebens geholt. Doch ganz plötzlich, ohne jeden ersichtlichen Grund, hatte sich da jemand für ihr Geburtsdatum interessiert und das Ergebnis hatte in dem traulichen, vom Efeu völlig überwucherten Rathaus fast so etwas wie ein Erdbeben ausgelöst. Wenn die baulustigen Bewohner des verwinkelten Ortes auch alles zu wissen glaubten, war ihnen ein Geheimnis doch verborgen geblieben, nämlich, dass die immer fröhliche und

zu jedem Scherz aufgelegte Friederike schon vor Jahren ihren Fünfundsechzigsten gefeiert hatte und immer noch sehr gepflegt und durchaus nicht unhübsch ihrem Siebzigsten entgegenging. Aber da war ja der wunde Punkt. Die dem Leben zugewandte sportliche Frau wollte nicht gehen, sondern fahren und zwar auf einer »Maschin«. Für den Erwerb eines solchen Beförderungsmittels reichte die schmale Rente der Hebamme a. D. aber hint und vorn nicht aus. Gesagt hat sie das niemand. Irgendwann muss aber doch ein gedankenlesender Weihnachtsengel am Haus der mit Nachnamen bedeutsamer Weise »Schnell« heißenden Friederike vorbeigekommen sein und einen ganz bestimmten Wunsch vernommen haben. Am Heiligen Abend jedenfalls hörte Friederike Schnell den Klang einer kräftigen Hupe. Weil diese durchdringenden Töne überhaupt nicht mehr aufhörten, machte sie das Fenster auf. Was sah sie da? Einen Weihnachtsmann auf einem Motorrad. »Ein netter Gruß«, dachte sie sich, »eine liebe Geste. Da will sich sicher nochmal jemand bei mir bedanken, weil ich doch gar nie ohne meinen Oldtimer zu sehen war.«

Die Huperei nahm aber kein Ende und bald war's ein ganzer Haufen junger Burschen, die da zu ihrem blitzblankgeputzten Fenster hinauflachten.

»Frau Friederike, kemma S' ober zum Weihnachtsmann!«, rief jetzt der auf dem Motorrad Hockende, welcher trotz weihnachtlicher Attribute dem Reischl-Martin verdächtig ähnlich war. Dann riefen's alle im Chor. Die kuraschierte Frau verließ das Haus und stand bald mitten im Kreis der lustigen Horde. Jetzt musste auch sie herzlich lachen. »So einsam am Heiligen Abend, dees is aba net des Rechte!«, wurde sie vom Weihnachtsmann zurechtgewiesen und mit einem selbstverfassten Verserl überreichte er ihr dann den Schlüssel für das Gefährt, mit dem er gekommen war. Sie hatten's also geschafft. Die Hebamm von Pfennigdorf hatte wieder eine »Maschin«. Grad so eine, wie sie sich in ihrem innersten Herzen gewünscht hatte. Wieder ein Oldtimer in sehr gutem Zustand, durchaus verkehrstüchtig und mit zahmen 2,5 PS. Nach kurzem Nachdenken war ihr sofort klar, dass ihr neben der Herzlichkeit und Freundlichkeit dieser Burschen die Anhänglichkeit und Dankbarkeit der Mütter zu dieser prachtvollen Weihnachtsüberraschung verholfen hatten. Schließlich war unter den jungen Pfennigdorfern, die da so gutgelaunt vor ihrem mondbeschienenen Haus standen, keiner, dem sie nicht mit viel Geduld, Mut und Geschick in diese Welt geholfen hätte.

Die Schaf werdn alle munter

A Stern glanzt hell vom Himmi ro,
die Schaf werdn alle munter,
da Ochs und 's Eserl dösn no
und stehgn im Kripperl unter.

A Jubeln, horch, a Musiziern,
vo drobma her des Glanzn,
da Herrgott duat's wohl dirigiern
und tausad Engal tanzn.

A Jubeln und a Tiriliern
in Busch und Baam und Wüsten,
oisamt dean s' so a Sehna gspürn
bis an die fernsten Küsten.

As größte Wunder vo da Welt –
in dera Nacht is's kemma,
wo nix mehr wia grad d' Liab no zählt,
wo alle Mensch werdn könna.

Wo alle, de zum Himmi schaugn,
as Wunder gspürn so mächtig,
ja, Herzen werdn zum Kripperlraum
und schimmern rein und prächtig.

Da Ochs und 's Eserl, d' Kreatur
san fei im Heil mit drinna,
und net grad unsa Menschheit nur,
da sollt ma uns drauf bsinna.

Koa Baam, koa Stoa derf ausgsperrt werdn:
Oisamt habn 's Gloria gsunga,
wia Gott in dera oana Nacht
den harten Tod bezwunga.

So is ’s gwesn

Mei Muatterl und ’s Christkind
habn ’s könna mitnand,
denn stets war de Guade
am Christkind zur Hand.

A Flüstern, a Rauschen,
so hab i des ghört,
a Kind derf net lauschen –
weil ’s d’Arwat bloß stört.

Weil ’s Christkind so zart is,
da braucht ’s no a Kraft
de Kraft vo da Muatta –
wo ’s Wunder mitschafft.

Ganz anders mit ’n Pappa,
der war stets bei mir,
i woaß, dass der glauscht hat –
ganz nah bei da Tür.

Wenn ’s Warten na z’lang war,
na hat er mi tröst,
hat Gschichtln verzählt gar –
na war i erlöst.

Erlöst vo da Neugier,
de duat halt so weh,
i denk ma, so mancher
konn 's Verserl versteh.

Aufs Sehng na vom Christkind,
da war i drauf aus.
Is aufganga d' Stubntür –
zum Fenster is 's naus.

»Ja, grad is 's no dagwen«,
hat 's Muatterl dann gsagt.
Wia gern hätt i 's sehgn mögn!
Lang hab i no klagt …

Da oidn Urschl ihr Christnachtwunder

De Urschl hat, wia's hoaßt, koan greana Daama,
drum kafft s' vo Plastikpflanzerl mehr als gnua.
Sie nimmt des hi und duat se drum net schaama –
aa d' Spötter, de gebn jetzt a Ruah.

Ihr Muatterl hat s' seit langa Zeit scho nimma,
da Gottsacker – oh Not! – unglauble weit.
I denk, ihr habts da jetzt ganz gwieß an Schimmer,
was des für so ra Oids bedeit.

Dahoam im Garterl richt s' a traulichs Platzerl,
da stellt s' fürs Muatterl Plastikbleame auf.
Wenn s' Zeit hat, bet de Urschl da a Gsatzerl –
so geht's dahi im Jahreslauf.

De zartn Rösal, wo zur Weihnacht blühen,
schneeweiß und oft aa rosarot behaucht,
de solln von ihr de ganze Liab vasprühen –
weil d' Muatta grad de Liab jetzt braucht.

Zur Christnacht warn de falschen lauter echte!
Koa Fremder ko do nia in 'n Gartn nei?
Als bal vo drobm a Engel Blüten brächte –
und lassat d' Urschl glückle sei.

In da Nussschaln

Kloans Butzal in da Nussschaln drin,
du birgst an ganzn Weihnachtssinn,
bist wirkle echt da süaße Kern –
des muaß oans gspürn, ’s huift koa Erklärn.

So kloa und doch unendlich groß
liegt ’s Heil jetzt nackt im Weltenschoß
und is da Retter unsrer Zeit
und bleibt aa ’s Liacht für d’ Ewigkeit.

Stephanitag

Freid gibt's am Stephanitag,
in da Nacht hat's gschniebn,
überoin, wo 's Buckerl hat –
werd jetzt ummatriebn.

Schlitten fahrn s' wia eh und je,
ruafa dean s' und plärrn,
andre woigln se im Schnee –
dees gibt erst a Wärm.

Farben wia vom Regenbogn
sausen übers Weiß,
oa weadn vo da Oma zogn,
auf an sichern Gleis.

Ferien habn s' fast alle no,
Groß und Kloa hat Zeit.
Foit da Schnee vom Himmi ro,
san s' sofort bereit.

Alle Plätz schaugn köstlich aus,
Häuser, Baam und Türm,
heit mag jeds ins Freie naus
und an Winter gspürn.

Umritt gibt's am gleichn Tag,
fesch mit gschmückte Ross.
Wenn oans da wo zuaschaugn mog –
is da gwieß was los.

D' Musi spuit und Kutschn fahrn,
Segn gibt's für jeds Pferd
und für d' Reiter voller Charme –
wia se's hoit so ghert.

Freid gibt's am Stephanitag,
d' Christbaam habn no Glanz,
und wer s' gar so arg gern mag –
der hat gwieß a Stück no vo da Gans.

Was wert zum Aufhebm waar

Am Turm san s' scho, d' Trompeter,
da Zoaga geht am Zwölfa zua.
Ganz lau is's heit, as Weda –
da Schnee gibt no a Ruah.

De Sterna drobm am Himmi
schaugn wia aufgeputzt und festlich aus.
De Straßn laar, koa Gwimmi –
zum Fenster schaugn oa raus.

Und dir bleibt nix wia 's Denga
ans unbekannte »neie Jahr«.
Was werd's da denn wohl schenga,
was wert zum Aufhebm waar?

Auf unsrer Strass

Da oa in rot, zwoa andre blau und grea,
so kemman s' grad auf unsrer Strass daher.
An ganz an Kloan habn s' mit dabei,
der tragt an Stern her vor de drei.

Mordskrona habn s' auf eahnre junga Köpf,
am Mohr sei Umhang zoagt gar Glitzerknöpf,
bloß Sprücherl sagn, des wolln s' net recht –
doch waar's grad dees, was jeds gern mecht.

Ihr Sammelbüchsn weisen s' ernsthaft vor,
arg schweigsam steht vor dir der staade Chor.
Koa Wörtal kimmt de Wandrer aus –
drei König ziagn von Haus zu Haus.

Wia gsagt, vom oidn Brauchtum hoitn s' nix,
koa Vers, koa Liad, bloß 's Geld klingt nei in d' Büx.
Da foit's ma stoahart hintnach ei:
Des werdn hoit doch bloß Weise sei.

Wia's d' Bibel ja no heit exakt vameldt,
habn de fürs Kind recht reiche Gabn ausgewählt.
Ob s' gsunga habn und deklamiert –
des habn s' wohl diam net recherchiert.

Wie sich die Auracher-Lis in einen alten Esel verliebt hat

Die unauffällige alte Frau hat eigentlich nicht so geheißen. Mit den Jahren aber, da sie so als Wittfrau dahinlebte, war sie mehr und mehr in diesen Namen hineingewachsen. Wer jene Auracher-Lis gewesen sein sollte, hat ihr auch der zu jedem Unfug aufgelegte Nachbar nicht verraten, der ihr diesen Namen verpasst hatte.
Vielleicht hatten ihn ihre riesengroßen, mal mehr, mal weniger bunten Kopftücher dazu verleitet. In diese weichen Tücher hüllte sich die alte Frau gerne ein, sodass man schon ab Oktober oft nur noch ihre Nasenspitze mit der darübersitzenden dunkelumrandeten Brille erkennen konnte. Sie lebte aber keinesfalls auf einem Dorf, wie man vielleicht annehmen möchte, sondern in einem einer Großstadt vorgelagerten Vorort.
Hie und da bekam sie Anrufe von ebenfalls nicht junggebliebenen Freundinnen. Das war's dann schon. Sonst hatte sie niemand. Aber auch das stimmt nicht ganz, war sie doch die Mutter eines Sohnes. Dieser hatte es mittlerweile zu hohem Ansehen gebracht. Nur leider war sein Wirkungskreis für die Einsame unerreichbar. Jeder Anruf von ihm – ein Geschenk für sie. Auch dann, wenn das Gespräch noch so kurz ausfallen sollte.

Vor ihrem erwachsenen Kind hatte sie noch nie ein Geheimnis gehabt oder haben wollen. Jetzt, da ihr das Altwerden immer mehr zusetzte, erst recht nicht. So erzählte sie ihm auch ganz ohne Umschweife von den Bemühungen eines ebenfalls alten Einschichtigen, ihr etwas näherzukommen. Bei dieser Gelegenheit geschah es dann, dass ihr weitentferntes großes Kind besonders aufmerksam zuhörte. Im Geiste sah sie, wie sich auf seiner Stirne die Zornesfalten zusammenzogen. Konnte er doch diesen Alten nicht ausstehen. »Du lieber Bub«, hat sie sich gedacht, »ich lasse doch nur körperlich nach, mein Gehirn ist noch total in Ordnung!« Sie hatte ihren Ehemann herzinnig geliebt und hätte die Nähe eines anderen sowieso nicht ertragen. Insgeheim aber freute sie sich über das, was ihr der kluge Sohn da so zugetraut hätte.

Im Advent hatte sich das zugetragen, als er angerufen hatte, um anzukündigen, dass er die Feiertage über zu arbeiten gedachte. Wie schon all die Jahre zuvor würde sie also auch dieses Fest in trauter Gemeinschaft mit ihrem treuen alten Radioapparat verbringen. Sie war's gewöhnt.

Noch vor Weihnachten musste sie zum Augenarzt in der nahen Großstadt. Bis jetzt war sie immer mit der S-Bahn gefahren, diesmal aber ließ sie sich doch lieber für sündteures Geld von einem Taxi mitten in die traumhaft schön dekorierte Innenstadt chauffieren. Das Wartezimmer des Arztes allerdings war überfüllt wie nie, sodass sie sich wohl oder übel eine Nummer geben lassen musste. Auf einem kleinen Zettel hatte die Arzthelferin die Uhrzeit eingetragen, ab welcher sie wieder zu erscheinen hätte. So spazierte sie nun ziellos herum, bis sie vor einem großen Kaufhaus landete. Silberne und goldene Mistelzweige verwandelten die breiten Schaufenster in einen schimmernden Märchenwald. Eher gelangweilt glitt anschließend ihr Blick über die nebenan ausgestellten Textilien, bis dann ihre Augen einen lohnenderen Rastplatz gefunden hatten. Standen da doch neben dem Kaufhauseingang zwei Esel, ein großer und ein kleiner. Neben den Tieren befand sich eine große Blechschüssel, in welche Passanten Geldspenden werfen können. Daneben waren eine Frau und ein Mann in lebhafte Gespräche mit diesen Spendern verwickelt. Das größere der beiden Tiere trug ein riesengroßes Plakat mit der überdimensionalen Aufschrift: »Zirkustiere haben Hunger« um seinen Körper.

Die Auracher-Lis hatte in ihrem Leben einen Hund und einige Katzen gehabt, Esel aber, die hatte sie noch nie aus einer solchen Nähe erlebt. Sie glaubte bemerkt zu haben, dass das kleine Eselchen zu zittern anfing und begann es, nachdem sie die Erlaubnis der Besitzer eingeholt hatte, zu streicheln. Als sie zur hohen Uhr auf der gegenüberliegenden Straßenseite schaute, war es höchste Zeit für den Facharzt. Sie kam tatsächlich ein paar Minuten zu spät, aber sie regte sich nicht, wie das sonst bei ihr üblich war, besonders darüber auf.

Ihr Denken galt auch da noch den Tieren. Als sie den Facharztbesuch hinter sich gebracht hatte, fuhr sie nicht direkt zurück nach Hause, sondern bewegte sich schnurstracks zurück zu den Zirkusleuten. Der kleine Esel, der wie ein Jungtier neben dem viel größeren stand, zitterte noch mehr, denn seit den Nachmittagsstunden war es merklich kälter geworden. Aber in dieses Kälterwerden hinein glänzten über der langen Einkaufsstraße wohl tausend vielzackige elektrische Weihnachtssterne auf. Immer wieder musste die Lis jetzt an das niedliche graue Pappmaschee-Eselchen aus ihrer Kinderzeit denken, das ihre gute Mutter so geliebt hatte und ohne welches es nicht Weihnachten hatte werden können. Aber das wäre jetzt eine ganz andere Geschichte …

Da stand die alte Lis nun und schmuste mit beiden Eseln zugleich. Die Besitzer dieser Langohren hatten vor, sich von einigen Tieren zu trennen, wozu, was Lis als Wahnsinn empfand, auch die zwei Bettelesel gehören sollten. »Es geht nicht anders!«, verkündeten die Leute mit Nachdruck. Die Lis begann zu überlegen: Wozu hatte sie eigentlich ihren großen Garten? Und was sollte die vor ewigen Zeiten mehr als geräumig erbaute Garage mit der Holzverkleidung, wenn doch niemals mehr ein Auto dort seinen Platz finden würde? Nicht zu zählende kitzelnde und bohrende Gedanken bewegten sich hinter der Stirn der Mitleidigen. Ob sie wohl auch jetzt wieder an das kleine Pappmaschee-Eselchen ihrer Kinderzeit dachte? Aber wer weiß das schon!

Nur wenig später jedoch konnte man zuschauen, wie die Zirkusleute mit ihrem großen Auto, in welchem auch die alte Frau Platz genommen hatte, und dem Tieranhänger in Richtung des Vorortes fuhren, wo die Lis ihre Heimat hatte. Umsichtig erledigten die sehr erleichterten Tierhalter dort alles Notwendige, um die Garage als Stall einzurichten. Nein, nicht beide Esel sollten hier bleiben, die alte Tierfreundin hätte sich nie zugetraut, das größere Tier bei sich aufzunehmen. Das Zwergeselchen aber, welches auf den Namen Hansi hörte, wollte sie – so lange es ihr möglich war – einem ungewissen Schicksal entreißen. Nun war es an der Zeit, dass sie von den Zirkusleuten viele gute Ratschläge bekam. Auch ließen sie für den Anfang Futter und Stroh zurück und nannten ein paar Adressen, von wo man Heu kommen lassen konnte. Mit ihrem Großen zogen sie dann wieder ab, vorher war auch der lang und ausgiebig von der frischgebackenen Tiermutter gestreichelt worden.

Mit Hansi gedieh alles zum Besten. Auch der Tat-

sache, welche die Auracher-Lis zuerst total übersehen hatte, dass nämlich ihr neuer Gast nicht nur eine Maulöffnung hatte, sondern das Gefressene auch wieder los werden musste, wurde sie schnell gerecht: Einer der örtlichen Tierfreunde transportierte den Eselsmist kostenlos ab. Das interessante Tier mit den langen Ohren schien sich bald ganz unglaublich wohl zu fühlen. Mit sichtlicher Wonne genoss es die zärtliche Fürsorge der alten Frau und – wie sich herausstellte – auch die jeweiligen Besuche besorgter Tierschutzdamen, denn natürlich hatte sich die Aufnahme des niedlichen Quastenschwänzlers unter ihnen in Windeseile herumgesprochen. Im vorher so stillen Haus der Auracher-Lis ging es jetzt mitunter zu wie im Taubenschlag. Von wegen ruhiger Advent!
Bis zum Weihnachtsfest waren es nun nur noch gute zwei Wochen. Was lag da besonders nahe? Besonders nahe lag die Gestaltung einer lebenden Krippe. »Und wenn der Hansi noch so putzig ist, so macht er doch noch lang keine Krippe«, hatte sich die Lis zuerst gedacht. Aber dann kam sie ins Überlegen und bestimmte verschmitzt: »Wer den Vorschlag gemacht hat, sorgt auch für die Ausführung!« Noch ehe die beiden Wochen um waren, konnte sie die erste Besetzung des frommen Bildes in Augenschein nehmen. Wahrhaftig, die gute Lis war zu Tränen gerührt. Es will Weihnachten werden und das in ihrer alten Garage.

Ihr Hansi war immer gegenwärtig. Ja, es stimmt schon, einen Ochsen hatte die Krippe überhaupt nicht anzubieten, und der Esel war sehr klein. Er verzauberte aber Besucher wie Darsteller, dass sie den Ochsen wie ganz selbstverständlich irgendwo im Hintergrund vermuteten. Ein Dauerproblem allerdings waren die wenigen männlichen Mitglieder des örtlichen Tierschutzvereins. Der einzige »willige« Vertreter seines Geschlechts verwandelt sich zwar in den heiligen Josef und das machte er dann großartig, nur reichten die Zeiten eben nicht. Als Ausweg blieb nur, dass des Öfteren eine klug zurechtgemachte Tierschützerin mit weit in die Stirne gezogenem Schlapphut ihren Ehrendienst beim Jesulein versah. Marien waren immer genug vorhanden. Und die Hirten? Die wurden gleich von Anfang an entweder von Damen oder Jugendlichen dargestellt.
Ab und zu versuchten die Mitwirkenden, den immer mal wieder auftauchenden »Einschichtigen« als Hirten zu gewinnen. Er hätte sich dafür nur eine Decke umhängen müssen und hätte sich dann auf einen gewaltigen Hakelstock stützen dürfen, aber das hielt er für unnütze Zeitverschwendung.
Die ganzen Feiertage über kamen Besucher zur lebenden Krippe in der Garage der Auracher-Lis – bis hin zum Fest der Heiligen Drei Könige. Da war dann erst richtig was los: An diesem Tag

kamen die herrlich Gewandeten von der Pfarrkirche und erwiesen dem wunderschönen Jesulein (einer geradezu lebensechten Babypuppe) ihre Reverenz. So etwas hatte es in diesem Ort noch nie gegeben. Erwachsene wie Jugendliche, die im Allgemeinen doch so viel von Zeitmangel sprechen, schienen wie ausgewechselt. Und allen lag das Wohl von Eselchen Hansi ganz besonders am Herzen. Wer auch immer in der Garagenkrippe war, fühlte sich zu dem Kleinen hingezogen, und so konnte sich der mit dem Quastenschwanz über mangelnde Streicheleinheiten nicht beklagen.
Der fabuliersüchtige Nachbar, jener, dem die alte Frau den Namen Auracher-Lis zu verdanken hatte, konnte es auch jetzt nicht lassen, seinen Schabernack zu treiben. Allerdings konnte er nicht ahnen, was er mit seinem leichtsinnigen Gerede für Irritationen auslösen würde. Als die Lis ihm nämlich erklärt hatte, dass es sich bei dem aufgenommenen kleinen Esel um kein junges Tier handelte, sondern um ein Zwergeselchen, welches schon einige Jahre auf dieser Welt zugebracht habe, dauerte es nicht lang, und der schalkhafte Mann rief ihren Sohn an. Was musste der hören? »Denken Sie sich nur, jetzt wird's immer toller. Sehen Sie mal nach bei Ihrer Mutter, die hat sich doch tatsächlich in einen alten Esel verliebt!« Wer den Anfang dieser Geschichte noch in Erinnerung hat, wird sich schnell ausmalen können, welchen

Schreck der weitentfernte Sohn bei dieser Mitteilung empfand. Musste er doch an einen ganz anderen alten Esel denken, an einen Alten, der ihm mehr als unsympathisch war. Die Lis, die doch nie ein Geheimnis vor ihrem Sohn haben wollte, hatte diesem ausgerechnet ihren kleinen Liebling Hansi unterschlagen, das drollige Tier sollte die unvergessliche Attraktion für ihren Sohn werden, wenn dieser sie Anfang Januar besuchen würde.

Es war aber schon Ende Februar, genauer gesagt Lichtmess, als der vielbeschäftige Mann aus dem Ausland zurückkam und bei seiner Mutter vorbeischauen konnte. Schon bei der Begrüßung schaute er so sonderbar und wollte wohl gleich eine »peinliche« Befragung durchführen, aber seine Mutter zog ihn sofort vor die Haustüre und geleitete ihn hin zur Garage. Als der ernste Mann aber das putzige Langohr erblickte, begann er zu lachen, so zu lachen, dass ihm die Tränen in die Augen traten. Er lachte noch lange weiter. Dann dauerte es nur kurze Zeit, da war das Zwergeselchen auch zu seinem Liebling geworden.

Hansi sei Dank hatte sich der Freundeskreis der vor ein paar Wochen noch unter ihrer Einsamkeit Leidenden beachtlich vergrößert. Nur der »alte Esel«, der sich so gerne bei ihr einnisten wollte, hatte sich aus dem Staub gemacht. »So vui Arwat, so vui Geld!«, hatte der Einschichtige gejammert, als er zugeschaut hatte, wie die Auracher-Lis wieder mal dabei war, den Platz fürs Eselchen blitzsauber herzurichten und ihm guten Hafer in die Futterkrippe zu streuen. Nein – so ein engherziger Mensch hatte keinen Platz in ihrem reichen Leben.